ANNIVERSAIRE

DE LA MORT

DE L'IMPÉRATRICE

JOSÉPHINE.

ANNIVERSAIRE

DE LA MORT

DE L'IMPÉRATRICE JOSÉPHINE.

Je ne reconnoîtrai pour authentiques que les
exemplaires qui porteront ma signature, et je pour-
suivrai les contrefacteurs.

IMPRIMERIE DE LE NORMANT, RUE DE SEINE.

ANNIVERSAIRE

DE LA MORT

DE L'IMPÉRATRICE JOSÉPHINE.

PAR Mlle M. A. LE NORMAND,

Auteur des *Souvenirs prophétiques d'une Sibylle.*

O mors ! quam amara est memoria tua homini pacem habenti in substantiis suis !

O mort! que ta mémoire a d'amertume pour ceux qui vivent dans les biens et dans les grandeurs du monde !

ECCLES. 41.

PARIS,

Chez l'AUTEUR, rue de Tournon, n°. 5, faub. S. Germain.
Et à son Magasin de Librairie,
rue du Petit-Lion-Saint-Sulpice, n°. 1.

1815.

ANNIVERSAIRE

DE LA MORT

DE L'IMPÉRATRICE JOSÉPHINE.

Il n'est donc plus cet ange tutélaire
Qui veilloit sur la France, et fut son ornement :
Il n'est donc plus, il a quitté la terre ;
Mais dans nos cœurs il laisse un monument.

C'EST de *Joséphine* que ma foible voix essaie aujourd'hui de rappeler la mémoire, et la vérité n'aura point à rougir des justes éloges qui se mêleront à mon récit. J'osai, dans mes *Souvenirs* (1), retracer les vertus de cette femme que la fortune rendit si célèbre dans un moment où elle paroissoit universellement oubliée..... Je viens de nouveau reporter, ceux qui prendront la peine de me lire, à l'époque douloureuse où le ciel nous la ravit. Ah! puissent-ils m'aider à jeter quelques fleurs sur la tombe d'une mortelle avec tant de raison regrettée de tous ceux qui l'ont assez connue pour apprécier les rares qualités que la nature lui avoit prodiguées!...

Pourquoi faut-il que nous mêlions des larmes au plaisir de l'admiration? Hé! pourquoi la mort n'auroit-elle pas des droits à nos louanges? La carrière de *Joséphine* fut trop bornée; le ciel qui lui avoit prodigué tous ses dons, voulut en limiter la jouissance avec trop de rigueur. Depuis l'altération survenue dans la fortune de son époux, une inquiétude secrète sembloit l'avertir continuellement de sa fin prochaine, et fixer le terme de ses jours à l'âge où l'espèce humaine jouit de toute l'énergie de la maturité et de l'expérience. Les germes du trépas qui se développèrent si rapidement dans son sein, ne purent affoiblir son courage; plus elle sentoit approcher le terme de sa vie mortelle, plus elle se hâtoit de marquer la fin de sa carrière par des actions dignes de la noblesse qui avoit germé dans son excellent cœur. Ses dernières paroles exprimèrent ses vœux pour le bonheur de la France. Son dernier instant fut signalé par un bienfait.

O Joséphine ! une femme telle que toi ne pouvoit être formée que par la nature dans toute sa pureté : ton organisation privilégiée fut entièrement son ouvrage. C'est de la nature que tu reçus cette sensibilité prompte où se réfléchissent tous les objets qui l'ont frappée : ce tact délicat, ces vues justes et fines, ce sentiment des convenances, ce goût exquis semblent être au génie ce que la raison est à l'instinct, s'il est vrai, toutefois, que l'instinct soit plus souvent le mobile de nos actions, que la raison n'en est le guide.

Ombre auguste !.... Ah ! sans doute il faudroit une plume plus exercée que la mienne pour retracer tes actions grandes et généreuses..... Venez donc à mon aide, ô vous tous qui avez participé à ses bienfaits ! venez à mon aide, ô vous qui, comme moi, avez été à portée de l'observer et de la juger ! Ah ! répétez avec l'accent de la douleur et de la vérité : *Joséphine* vécut à une époque et au milieu d'une nation où tout étoit entraîné par l'enthousiasme ; elle eut le bonheur, dans sa marche tranquille et franche, d'être constamment guidée par la raison ; placée sur un théâtre où l'on provoque les regards, où l'on brigue à l'envi la prééminencee, elle attend qu'on l'appelle à la place que le destin lui réservoit, et l'occupe avec cette modestie naturelle qui déconcerte l'indiscrète et jalouse rivalité,

Les destinées de la France appelèrent son époux à la tête de nos armées. Il y fut remarqué dès ses premiers pas ; souvent elle partagea ses nobles fatigues, et sut même modérer les élans de ce caractère belliqueux... Aussi l'enthousiasme étoit-il universel parmi les militaires de tous les grades, quand *Joséphine* suivoit *Napoléon*. La générosité de ses sentimens et la bonté de son âme lui élevoient des autels dans tous les cœurs.

Hélas! me disoit-elle souvent (2), quand la guerre est nécessaire et légitime, elle n'en est pas moins déplorable.

Aussi s'informoit-elle auprès des généraux, si les paysans n'étoient point foulés par les soldats ; elle les conjuroit de contenir les uns et de protéger les autres. L'amour et la reconnoissance de tous étoient les seules richesses qu'elle parût jalouse de posséder.

Les sentimens qu'elle inspiroit, étoient un véritable culte de la part de tous ceux qui en étoient pénétrés.

Son étude constante étoit d'employer utilement son crédit sur l'esprit de son époux : falloit-il appuyer une prétention raisonnable, faire connoitre un mérite caché, obtenir une grâce douteuse, donner de bonnes impressions d'une fidélité devenue suspecte, faire valoir un service rendu, atténuer une faute pour la rendre pardonnable, donner un avis salutaire, elle étoit toujours prête à solliciter la justice, l'attention où la bienveillance de son époux : semblable à ces fleuves qui, roulant leurs flots avec majesté, arrosent et fécondent les terres stériles qu'ils traversent dans leurs cours, avant que de porter à l'Océan leur tribut accoutumé.

Elle possédoit surtout le talent de doubler le prix du bienfait par la grâce admirable qu'elle mettoit à le distribuer. Tels sont les caractères de gloire qui appartiennent aux vertus aimables et aux talens qui les inspirent; tels étoient ceux de *Joséphine.*

Oh! si nous pouvions évoquer les ombres de la tombe où plus d'une génération demeure à jamais ensevelie, ce seroit à elle, à *Joséphine*, qu'il conviendroit de prendre la parole, et de tracer, d'après elle-même, le portrait de la meilleure des femmes.

L'âme de *Joséphine* étoit tendre, expansive et noble, comme sa physionomie.

Son cœur généreux ne cherchoit point la célébrité ; obliger étoit sa passion dominante ; et, pour la satisfaire, il ne lui falloit pas de témoins ; elle n'avoit besoin que du mouvement naturel de ce cœur, toujours disposé à produire, non pas seulement des actes de bienfaisance, mais encore à répandre son influence salutaire sur toutes les actions de sa vie.

Sa sensibilité l'obligeoit sans cesse à s'épancher dans le sein de ses amis ; elle étoit naturellement aimante ; et comme elle partageoit avec vivacité les peines et les plaisirs des autres, elle éprouvoit aussi le même besoin de communication réciproque.

Elle dédaignoit les subterfuges de la dissimulation ; mais elle savoit user à propos de tous ces ménagemens délicats qui prennent leur source dans la bonté. Sa franchise ne consistoit pas à se confier imprudemment et au hasard, mais à ne dire qu'avec mesure ce qu'elle pensoit. Quelquefois il lui arrivoit de promettre ce qu'elle n'étoit pas toujours très-certaine d'obtenir; mais sa bonté naturelle ne pouvoit rien refuser.

Le bonheur de soulager les hautes infortunes fut le plus grand qu'elle goûta dans la vie. Elle savoit qu'on a besoin d'intercession à la cour, où l'on méprise ceux que la fortune a délaissés; où l'inexorable envie attaque les puissans, et nulle pitié n'environne les foibles; où l'on croit, en un mot, faire grâce aux infortunés, quand on modère leur oppression ....

Souvent elle eut des sujets, souvent elle eut des occasions favorables de se ressentir des injustices qu'on lui avoit faites; toujours elle sacrifia ses ressentimens, et ne voulut jamais nuire, pas même à ceux qu'elle pouvoit croire ses ennemis, ou, pour mieux dire, ses envieux.

Et comment auroit-elle voulu nuire celle dont le caractère étoit identifié avec la bienfaisance, et qui, pour me servir des termes d'un célèbre *Romain* (a), *ne paroissoit pas tant une Dame mortelle qu'une Divinité favorable à tous les malheureux.*

O vous! habitans des cités, qui courez en vain après la chimère du bonheur, vous espérez le trouver dans vos cercles brillans, et qui méprisez les douces et paisibles jouissances, venez à *Malmaison* quelques instans; venez respirer dans un lieu qui faisoit les délices d'une femme qui, après avoir fait l'admiration de l'Europe par ses rares qualités, reçut dans ce lieu même, et au moment où tous les prestiges de la grandeur étoient évanouis pour elle, y reçut, dis-je, les hommages sincères des plus illustres souverains de toute l'Europe.

Elle vivoit agréablement dans cette riante solitude qu'elle s'étoit plue à créer, à embellir; tous les états concoururent à ce projet: aimant la botanique, elle réunit dans ses jardins les plantes exotiques les plus rares; sa galerie de tableaux renfermoit les chefsd'œuvre des grands maîtres........ Une ménagerie d'animaux, presque inconnus en Europe,

____

(a) Val. Max. lib. IV, cap. 8.

attiroient tous les regards...... Mille oiseaux divers flattoient agréablement l'oreille par leurs sons mélodieux.... Les prairies émaillées, les eaux limpides et jaillissantes faisoient douter si ce lieu étoit réellement enchanté tandis qu'il n'étoit que la merveille de l'art sur un terrain bas et marécageux.

C'est là qu'elle a passé les jours qui se sont écoulés depuis son abandon ; c'est là que journellement et à toute heure elle rece‑ voit les bénédictions de la veuve et de l'or‑ phelin ; c'est là que, rentrée dans une sphère rétrécie, elle a retrouvé des amis, *oui*, *des amis : les grands en ont si peu !* .....

O amitié ! charme des grandes âmes, toi qui seule justifierois à nos yeux la divinité des malheurs qui accablent l'espèce humaine ! « Céleste amitié ! s'écrioit *Joséphine*, c'est » en moi-même que j'osai t'aimer ! Si j'ai » quelquefois ressenti la vivacité de tes » vœux , c'est que je retrouvois dans l'esprit » des êtres qui m'étoient chers, la copie de » mon esprit , dans leur cœur la copie de » mon cœur, et jusques dans leurs défauts , » l'excuse des miens...... »

Dans sa retraite elle fut continuellement

environnée d'une foule de curieux em-
pressée à saisir les nuances de ses moindres
pensées; jamais il ne lui échappa une plainte....
Comme *Esther*, elle gémit plus d'une fois sur
sa grandeur importune...... Elle me disoit :
« J'ai fait à mon époux le plus pénible des
» sacrifices....... Ah ! puisse-t-il être heu-
» reux ! ...... »

Elle supporta ce changement de la fortune
avec calme et résignation; son courage dans
cette douloureuse circonstance fut vraiment
héroïque!..... tous les Français l'admirèrent ;
mais son cœur, ce cœur si bon et si sen-
sible, en demeura jusqu'au dernier moment
douloureusement affecté......

Elle partagea bien sincèrement les peines
de celui qu'elle aimoit : sa belle âme fut
troublée...... Si tout le monde l'abandonne
et l'oublie, disoit-elle, moi seule le suivrai.....
et l'île *d'Elbe* deviendra mon tombeau......
Depuis ce temps, le coup fatal étoit déjà
porté...... Il est des plaies que rien ne peut
cicatriser, et celles du cœur ne sont malheu-
reusement que trop souvent incurables......

On assure qu'en quittant la vie, elle versa
quelques larmes : eh ! qui pouvoit les faire

répandre,..... si ce n'est l'amitié...... et de douloureux ressouvenirs ?..... La fin de *Joséphine* ne rappelle que trop justement ces paroles de *Bossuet* :

« *La grandeur est un songe, la joie une* » *erreur, la jeunesse une fleur qui tombe,* » *et la santé un nom trompeur.* »

Le bruit de sa mort fut un deuil universel (3) : chacun la regretta, et donna l'essor à ses pensées. Il est un temps où l'on fait le recueil des bonnes et des mauvaises qualités de ceux qui meurent, et où chacun retraçant dans son esprit les sujets qu'il a de s'en louer, ou de s'en plaindre, selon ses passions, fait leur épitaphe à sa manière : que de regrets sincères ! que d'éloges non suspects ! que de témoignages publics d'estime et de reconnoissance ! Que ceux dont elle avoit pu exaucer les vœux, ou accueillir les plaintes, offrent donc pour elle de tous côtés *le sacrifice de leurs larmes et l'onction de leurs prières !* Il me semble entendre encore les habitans de ses campagnes s'écrier, avec l'accent du désespoir : Nous avons tout perdu, notre bonne mère, hélas ! nous a quitté pour toujours !.......

Un *vieillard* presqu'octogénaire , pénétré de la douleur la plus profonde , répétoit :

« Pourquoi refuserai-je maintenant de des-
» cendre dans l'asile où repose la cendre
» des morts ? non, mon cœur s'élance au
» milieu des tombeaux , et j'envie le trépas
» depuis que *Josephine* n'est plus; elle n'est
» plus celle qui soutenoit ma triste famille ;
» elle n'est plus celle qui m'a rendu à mes
» enfans, à ma patrie...... A qui désormais
» porterai-je mes vœux supplians!..... Qui
» me défendra contre mes ennemis!......
» Larmes cruelles! à mesure qu'elles coulent
» elles semblent renouveler et alimenter ma
» douleur. Ah ! venez tous répandre des
» pleurs sur son urne. »

Dans l'étroite enceinte d'un sépulcre gît un cœur qui embrassoit la vaste étendue des terres et des mers ; combien d'infortunés doivent encore , après même qu'elle n'est plus, la vie à ses larmes...... Pleurons, pleurons ; *Joséphine* n'est plus :..... elle a quitté pour toujours cette terre de douleur, avec une mémoire sans reproche , ... et pourtant il n'en est guère *parmi nous qui ne vou-droient pouvoir arracher un feuillet de leur vie*. Du sein des funestes et si fragiles grandeurs, elle s'est vue précipiter, co n ne la foudre, dans la nuit éternelle..... *Sit transit gloria mundi.....*

. . . .

. . . . ,

Ames sensibles, et presque toujours si malheureuses, qui avez un besoin continuel d'émotion et d'attendrissement, venez...... venez...... à Ruel, ... v nez y contempler les restes de celle qui naguère mérita nos respects!

Tombeau étroit, dernière demeure des dieux de la terre, combien n'abaisses-tu pas leur orgueil. Vain mortel, soulève cette pierre!

Ici gît une femme qui, dans ses beaux jours, excita peut-être ton envie; tous les vains prestiges de sa grandeur sont évanouis avec elle; il ne lui reste maintenant que ses œuvres... Son corps, aussi froid que le marbre qui la couvre, est la proie de la mort...... Sa réputation seule lui a survécu.

Heureux celui pour qui les habitans des cieux chantent un cantique de joie à l'heure de son passage en l'autre vie! En vain l'affreuse

Terreur voudroit secouer son panache hideux autour de lui; en vain la foible Amitié arrose son lit de larmes amères, comme si elle croyoit pouvoir ainsi le rappeler à la vie......
Le sage ferme tranquillement les yeux, et son âme monte au ciel, comme la flamme la plus pure.

Ainsi retourne, dans le sein de son *Dieu*, celle de la douce *Joséphine* : l'instant de son passage à une vie meilleure fut célébré par des chants immortels; et une troupe d'anges saisissant son âme, aussi pure que la lumière céleste, l'accompagnent en triomphe dans les cieux.

Ah! puisses-tu, femme si universellement regrettée, communiquer encore avec les mortels! Puisse ton *ombre* veiller constamment sur les destinées de la *France*, et porter nos vœux au suprême arbitre de ce vaste univers, pour que la Paix, cette fille du ciel, vienne enfin habiter parmi nous!..... pour que notre belle patrie ne soit plus désormais teinte du sang de ses enfans!... Ah! puisse encore ton heureuse étoile guider tous les partis!... *Ange* de bonté, de générosité, fais que par ton heureuse influence,

tous les Français ne forment plus qu'une famille !... Ce grand miracle t'est peut-être
réservé.....

O *Joséphine !* il y a long-temps que ton
éloge étoit dans mon cœur..... (4). C'est une
admiration vraie et sentie qui m'amène, non
pas au pied de ta statue (car tu n'en as pas
encore), mais sur ta tombe, où j'ose ap-
porter à tes cendres des hommages qu'une
autre main, peut-être, devroit te présenter...

FIN.

NOTES.

(1) *Souvenirs prophétiques d'une Sibylle, sur les causes secrètes de son arrestation, le 11 décembre 1809.* Un vol. in-8º. de plus de 600 pag., orné d'une gravure. Chez l'Auteur, rue de Tournon, nº. 5.

(2) « Heureux le peuple qu'aucune dissension n'a-
» gite, qui n'a point éprouvé les revers de la fortune,
» et qui vit dans l'abondance de toutes choses!

» Mais plus heureux celui qui sait mettre à profit les
» maux qu'il a soufferts, les guerres qui ont déchiré
» son sein, pour se régénérer et rendre son nom célèbre
» à jamais par ses lumières et par ses vertus! »

(Pag. 253, *Souvenirs prophétiques.*)

(3) « Le jour de la Pentecôte, 29 mai 1814, je
» rendois le pain béni à ma campagne. — Par un phé-
» nomène incroyable, je fus prévenue à la minute de la
» perte de la bonne *Joséphine.* Je me proposois, d'après
» sa demande réitérée, de la visiter le lendemain......
» J'avoue que je suis exempte de certains préjugés vul-
» gaires.... Je crois même que notre âme, en quittant
» son enveloppe terrestre, ne communique plus avec
» les mortels; que, reprenant sa première essence, elle
» se confond dans le sein de son *Dieu.....* Quoi qu'il en
» soit, n'ayant d'autre certitude que le trouble de mon
» imagination, je revins à *Paris* de très-bonne heure,

» où j'entendis répéter avec regret : Hélas ! *Joséphine*
» n'est plus. »

(Pag. 192, *Souvenirs prophétiques.*)

(4) J'avois promis de publier les Mémoires de *Joséphine* le 29 mai, jour de l'anniversaire de sa mort (*Voyez* pag. 248, *Souvenirs prophétiques*); différens obstacles s'étant opposés à ce que je pusse jusqu'ici réaliser ma promesse, j'ai voulu du moins offrir ce même jour à la mémoire de cette femme angélique le tribut des sentimens éternels de ma reconnoissance et de mon pieux attachement, en rappelant provisoirement ce que j'en ai dit dans mes Souvenirs prophétiques, qui ont paru à la fin de 1814.

« Elle fut portée au faîte des grandeurs, mais elle
» n'en abusa jamais; je l'ai vu s'attendrir sur le sort de
» malheureuses victimes : elle versa des larmes au sou-
» venir des souffrances de la Reine *Marie-Antoinette ;*
» elle me fit souvent répéter ce que j'avois vu, ce que
» j'avois entendu, et son cœur, douloureusement
» affecté, laissoit voir à découvert toute la force de
» sa sensibilité.

» *Joséphine* avoit le plus juste aperçu, une aménité
» et une grâce persuasive; son discernement étoit
» exquis; ses pressentimens ne la trompoient jamais.
» Souvent elle me disoit : *Avouez que c'est une petite*
» *folie que de vous coire; pourtant c'en seroit une plus*
» *grande si je révoquois en doute ce que vous m'an-*
» *noncez.*

» Elle fut la bienfaitrice et l'appui de la veuve et de

» l'orphelin : le malheureux trouvoit en elle un ange
» consolateur. Qui, mieux que moi, connut la bonté
» de son cœur, l'élévation de son âme ! Elle plaignoit,
» elle honoroit l'archiduchesse *Marie-Louise ;* elle
» rendoit une justice éclatante à ses qualités éminentes,
» et souvent, dans l'épanchement que donne la con-
» fiance, elle me disoit : Au moins s'il l'aime, s'il la
» rend heureuse, leur bonheur me suffit.....

    » Tendre mère, elle plaçoit son unique félicité dans
» ses enfans ; que de fois elle m'a dit, depuis son cruel
» abandon : Que deviendront-ils ! quelle sera mainte-
» nant leurs destinées !

    » Bonne *Joséphine*, un *Dieu* veille sur eux ; il saura
» récompenser dans les enfans les vertus de leur mère...

» . . . .

    » Elle dort maintenant du sommeil des justes ; mais
» avant d'être admise dans le sein de son unique créa-
» teur, la France entière et les dignes Souverains de
» l'Europe l'avoient déjà jugée. »

        (Pag. 251, *Souvenirs prophétiques.*)

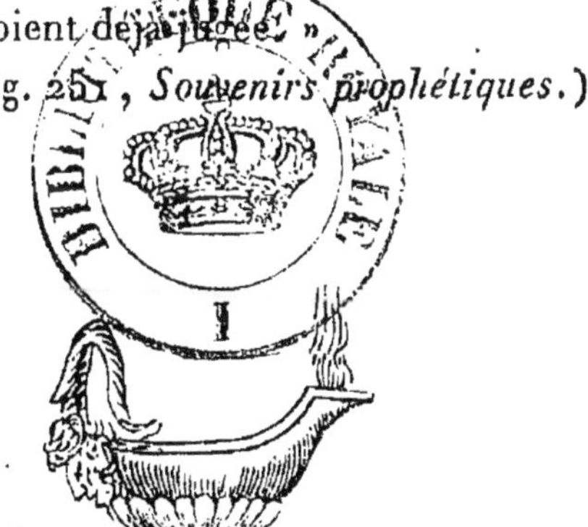

www.ingramcontent.com/pod-product-compliance
Ingram Content Group UK Ltd.
Pitfield, Milton Keynes, MK11 3LW, UK
UKHW021709090726
13657UKWH00005B/2133